Beppe Severgnini

Interismi

Il piacere di essere neroazzurri

Rizzoli

ISBN 88-17-11764-1

Prima edizione: maggio 2002
Settima edizione: ottobre 2002

Per Antonio,
piccolo interista di casa,
affinché ricordi
(ma tanto ricorda lo stesso)

UNA SPECIE DI INTRODUZIONE

Iam victi vicimus
Già vinti abbiamo vinto

PLAUTO, *Casina*

Detesto gli instant-book e amo l'Inter. Ma ho scoperto di amare l'Inter più di quanto detesti gli instant-book.

Se avessimo vinto il campionato, non mi sarei unito alle celebrazioni con un volume: né piccolo né grande. Avrei festeggiato privatamente con qualche amico, moglie, figlio e cagnolina dalmata (unica presenza bianconera in famiglia). Ma abbiamo perso, e dobbiamo consolarci. Ci provo con questo piccolo libro. Un libro sul piacere d'essere neroazzurri. Un po' sconcertante, come molti piaceri: ma non per questo meno intenso.

L'Inter è una squadra fascinosa, che seguo fin da quando ero bambino – sono del 1956, e appartengo alla generazione marchiata a fuoco da Herrera & C. Non avevo mai scritto dell'Inter, fino a due anni fa. Era una sorta di pudore – uno dei pochi consentiti in un mestiere impudico come quello del giornalista – e intendevo conservarlo. Ma nell'estate del 2000 il "Corriere della Sera" mi ha chiesto di raccontare, in una pagina, una grande sfida. Non ho avuto esitazioni: Inter-Juve.

Quello è stato il mio "outing" in materia sportiva. Da lì è cominciato tutto. Sono diventato un interista pubblico e militante, parziale e irragionevole quanto basta. Ho aperto una rubrica su "Sportweek", il settimanale della "Gazzetta dello Sport". E ho cominciato a studiare l'interismo, un'interessante piega dell'animo umano.

Nelle prossime pagine troverete molto di quello che ho rimuginato in materia, più qualche inedito (come la terza "intervista impossibile" a Peppino Prisco, dopo la catastrofica Lazio-Inter). Prima di ogni pezzo c'è un'indicazione di quand'è stato scritto. Prima di una vittoria complicata (quando sarebbe stata semplicissima) o dopo una sconfitta rocambolesca. Prima di un pareggio pazzesco o dopo una discussione omerica con un milanista, secondo cui l'altra squadra di Milano non è rappresentata da Patroclo (opposto a Ettore interista e Achille juventino), bensì da Ulisse. Gliel'ho concesso. Anche il Milan, come Ulisse, ha conosciuto naufragi, imbarazzo e retrocessioni.

Noi, no. Noi abbiamo conosciuto però il dolore sportivo. Sentimento nobile, al quale quest'anno avremmo rinunciato volentieri. Solo Al Gore, negli ultimi tempi, ha subito una delusione tanto cocente: e noi non possiamo nemmeno prendercela con la Corte Suprema. Dorando Petri, in confronto all'Inter, era un dilettante: nessuno è mai caduto sul traguardo in maniera tanto rovinosa. La Juventus a Perugia due anni fa? Là almeno potevano prendersela con la pioggia, con l'arbitro Collina, con uno scudetto destinato a Roma dopo molti anni. Noi con chi ce la prendiamo? Il 5 maggio, all'Olimpico, c'era il sole e un pubblico festante. Eppure.

Eppure saltano fuori un Gresko e un Poborski, che sono la rappresentazione della condizione umana: sono il fato, l'inconveniente, la possibilità, il caso che si diverte. Il nostro caso è cecoslovacco (ve l'ho detto che siamo strani). Ma nonostante questo (o proprio per questo), ce ne siamo fatti una ragione. Non è vero che amiamo perdere: preferiamo vincere, che diamine. Ma sappiamo perdere, e abbiamo il senso estetico dell'ironia. Un harakiri fatto bene, in fondo, è meglio di un harakiri fatto male.

L'Inter, signori, è una forma di allenamento alla vita. È un esercizio di gestione dell'ansia, e un corso di dolcissima malinconia. È un preliminare lungo anni. È il gioco, da grandi, di quelli che da bambini tenevano ai sudisti e agli indiani. È – come ho scritto, e leggerete – un modo di ricordare che a un bel primo tempo può seguire un brutto secondo tempo (con la Lazio, agghiacciante). Ma ci sarà comunque un secondo tempo, e poi un'altra partita, e dopo l'ultima partita un nuovo campionato. Non possiamo perderli tutti. Oppure sì, se ci mettiamo d'impegno. Ma non accadrà, non siamo così prevedibili, nemmeno nel masochismo. Verrà il nostro momento, e sarà magnifico.

Forza ragazzi: non avrete vinto lo scudetto, ma avete tifosi come noi.

Milano, maggio 2002

INTER-JUVE

L'uomo saggio impara molte cose
dai suoi nemici.

ARISTOFANE, *Gli uccelli*

Tempo fa ho scritto che il mondo si divide in due. Ci sono quelli che amano i gatti, Londra e l'Inter. E quelli cui piacciono i cani, Parigi e la Juventus.

Da allora continuo a ricevere proteste. Si lamentano milanisti slavofili, laziali innamorati dell'Argentina, romanisti con un'amica in Germania. Non posso negarne l'esistenza ma, dal punto di vista ontologico, la dicotomia è una sola: Inter-Juve. L'Inter (come i gatti e Londra) è fascinosa e imprevedibile. La Juventus (come i cani e Parigi) è solida e rassicurante. Il resto è contorno.

Ho scritto dicotomia, ma Inter-Juve è di più. È una contrapposizione come Hegel e Kant, Coppi e Bartali, Fellini e Visconti, Usa e Urss, Apple e Microsoft, Beatles e Rolling Stones, yin e yang, caffè e tè, limone e latte. Non si tratta di stabilire chi è meglio e chi è peggio (anche se io un sospetto ce l'avrei). Inter e Juve sono pianeti distanti, che entrano in contatto solo in occasione di una partita, di un'amicizia o di un matrimonio. Allora, qualcosa succede.

Gli interisti sono romantici, con una punta di decadenza. Gli juventini, neoclassici. Noi siamo idealisti, loro positivisti. Gli interisti sono una nazione dolente (tre scudetti in trent'anni, e un Helsingborg quando non te l'aspetti); gli juventini credono nelle magnifiche sorti e progressive (e spesso vengono accontentati). Nel suo libro *Semifinale*, il bolognese Rudi Ghedini racconta l'educazione di un interista, combattuto tra amori difficili, "notti della lattina" (Moenchengladbach, 1971) e sconfitte col Lugano. È un canto accidioso, che consola. Ma alla fine l'autore pecca d'ottimismo – il meno interista dei sentimenti. Il libro si chiude infatti con la notizia dell'arrivo di Ronaldo (cui seguirà Vieri), e Ghedini si lascia andare a una leggera euforia. Sapete com'è andata a finire. Come si può perdere un campionato con una coppia d'attacco di quel calibro, quando i rivali schierano Pippo e Alex (non so se mi spiego: *Pippo e Alex*)? Non lo so. Ma l'Inter c'è riuscita.

Ci sono interisti che sembrano considerare il Milan un rivale, e non riesco a capire perché. Il Milan è una squadra allegra, in fondo. Ha un centravanti che fa pubblicità allo shampoo, e vince gli scudetti senza neanche accorgersene (anche Bigon e Massaro segnavano i gol così). Il Milan non è un rivale: è un fenomeno naturale. La rivale è, e sarà sempre, la Juventus.

L'intera iconografia bianconera è una delicata provocazione. C'è un *understatement* tutto piemontese, nella scelta dei simboli. Noi abbiamo un drago; loro una zebretta. L'Inter è la Beneamata (tutti ci vogliono bene), la Juve la Fidanzata d'Italia (in sostanza, non se la sposa mai nessuno). E guardate i colori! L'Inter è mare in tempesta e cielo di notte. La Juventus è dama, strisce pedonali e primi telegiornali. Vederla vincere in queste condizioni è doloroso. Non tutti gli anni, infatti, piove su Perugia.

La generazione che ha sofferto di più è quella nata tra il 1955 e il 1960: la mia. Molti coetanei sono interisti per banali motivi anagrafici. Intorno ai sette anni, l'età dell'*imprinting* calcistico, furoreggiava la Grande Inter di Helenio Herrera, e i bambini – come gli italiani – tifano per il vincitore. Alcuni di noi faticavano a ricordare le poesie di Giovanni Pascoli, ma nessuno ha più dimenticato Sarti Burgnich Facchetti (pausa); Bedin Guarneri Picchi (pausa); Jair Mazzola Domenghini Suarez Corso (respiro). Era un'apnea consolante, multietnica, e vincente.

Non che capissimo di calcio, a Crema, nel 1964. Io ero convinto, per esempio, che Mariolino Corso avesse sessant'anni (per via dei pochi capelli), e Giacinto Facchetti mi sembrava un olmo sulla strada di Treviglio (ho poi scoperto di esserci andato vicino). Quei personaggi, però, incutevano rispetto. Quando sono entrato a San Siro per la prima volta, ho assistito a Inter-Lazio. Degli avversari ricordo solo il portiere Idilio Cei, che aveva un nome e un volto rubicondo da bidello. Gli interisti erano invece alteri e affascinanti. Se qualcuno mi avesse detto che Burgnich e Bedin rappresentavano la classe operaia del calcio, avrei potuto diventare socialista (a nove anni). E tra Aristide Guarneri (1967) e Taribo West (1997) c'è la differenza di classe che corre tra il duca di Windsor e Vittorio Emanuele di Savoia.

La Juventus era un'altra cosa. Era una squadra che aveva vinto molto in passato (dicevano), ma ormai galleggiava nella media classifica. Aveva un nome latino che sembrava rubato in seminario. L'allenatore si chiamava Herrera, ma Heriberto: era, in sostanza, un'imitazione (come Little Tony di Elvis Presley). Il loro Suarez si chiamava Del Sol: un nome che poteva andar bene a un succo di frutta. Mentre noi vincevamo la Coppa dei Campioni, loro partecipavano alla Coppa delle Fiere. La competizione poteva essere adatta a una zebra, d'accordo, ma mi spiaceva per gli amici del cuore, juventini, che all'oratorio dovevano difendere quel blasone circense. Il fatto di avere in squadra Leoncini, di certo non li aiutava. Noi avevamo Picchi, invece. Le vette non potevano che essere nostre.

Era facile sentirsi magnanimi, in quelle condizioni: ma non è durata molto. Non ho fatto in tempo a gustare il piacere infantile del trionfo – il lento ingresso in aula dopo la stella del decimo scudetto (1966) – che è accaduto qualcosa: l'Inter ha smesso di stupire. Ci sono rimasto male. Era come permettere a un adolescente di baciare una ragazza, e poi dirgli di scordarsi della faccenda fino alla laurea.

Ricordo alcuni episodi inquietanti. Il 1° giugno 1967 ascoltavo la radio: il portiere Sarti si lasciava scappare di mano la palla, e consegnava un altro scudetto alla Juventus. In estate, Helenio Herrera vendeva Picchi per schierare Landini e Dotti. Un momento di illusione è arrivato con lo scudetto del 1970, ottenuto grazie a Roberto Boninsegna: il tipo buttava la palla in rete in tutti i modi, con una cattiveria consolante. Aveva un muso e un nome da cane pechinese (Bobo): ma i pechinesi non segnano in mezza rovesciata. Bell'anno, il 1970. Ai mondiali in Messico non c'erano quasi juventini. È stata l'Inter (Burgnich, Facchetti, Mazzola, lo stesso Boninsegna) a portare l'Italia in finale, contro un Brasile che avrebbe sconfitto anche la Selezione Celeste. È vero: giocava anche Rivera, e veniva dal Milan. Ma non era colpa sua.

Da quel momento, l'Inter ha smesso di vincere, e la Juventus ha preso a convincere. Negli anni Settanta il mestiere d'adolescente mi impegnava troppo, perché potessi seguire le vicende calcistiche con assiduità (sebbene non mi fosse sfuggito, al centro della difesa, Giubertoni). Così, ai mondiali d'Argentina del 1978 (dove l'Italia ha giocato il suo miglior calcio di sempre), mi sono accorto con orrore di tifare per gli juventini. La maglia azzurra era una copertura: sapevo che erano loro. A Buenos Aires, l'Inter mandava Bordon, portiere di riserva. La Juve contribuiva con Zoff, Cabrini, Gentile, Cuccureddu, Scirea, Benetti, Causio, Tardelli e Bettega. Anche Paolo Rossi, che in area accelerava come un'automobilina, sarebbe finito a Torino, di lì a poco.

Una nuova generazione di italiani, nata tra la fine degli anni Sessanta e l'inizio degli anni Settanta, diventatava inesorabilmente bianconera. Come spiegargli che sbagliavano? Discutere di calcio coi bambini è già dura; quando vincono, poi, è insopportabile. Lentamente, gli juventini acquistavano la sicurezza dei vincitori (è capitato anche agli americani e a Gerri Scotti). Noi interisti ci siamo trovati a giocare in difesa. Non sul campo, dove eravamo abituati, ma nella vita. Aldo Vitali, autore di *Fregati da Dio. Il folle destino di essere interisti*, elenca i "Dieci fatti di cui conviene tener conto quando si decide di tifare Inter". Ne aggiungo un undicesimo: nel 1976 abbiamo scambiato il mitico Boninsegna con Anastasi (preparando il terreno per le grandi cessioni masochistiche del futuro: Roberto Carlos e Simeone).

Certo, è arrivato lo scudetto del 1980, vinto con Ambu, Caso e Canuti, che erano bravi ragazzi, ma rappresentavano la quintessenza del giocatore interista di Tipo C: volonteroso e inadeguato. C'era poi il giocatore interista di Tipo B: il campione che, appena mette piede a Milano, imbrocchisce fulmineamente (potrei citare dozzine di nomi, ma mi limito al recente, leggendario Gilberto). Ci sono stati anche giocatori di Tipo A, per fortuna. In quel campionato 1979/80, agli ordini di Eugenio Bersellini, giocavano Bordon, Oriali, Pasinato (antenato morale di Zanetti), Altobelli e il bresciano Evaristo Beccalossi, uno che cercava di dribblare anche le margherite di San Siro, ma ci teneva allegri. Beccalossi, a Torino, dopo il terzo gol sbagliato sarebbe stato trasferito al reparto presse della Fiat. Anche perché loro, in quel ruolo, avevano un certo Platini.

Questo è un nome che nessun interista

pronuncia volentieri. Michel Platini era un giocatore di Tipo A Extralusso. Era epico, lirico e accademico: riassumeva le tre caratteristiche del "giocatore musciale" di Vladimir Dimitrijevič (*La vita è un pallone rotondo*). Ogni interista può sottoscrivere il grido di dolore del già citato Ghedini, piccolo Foscolo neroazzurro: "Platini: il nome dalle conseguenze incalcolabili. Individuato, opzionato, praticamente nostro, aspettavo con ansia la riapertura delle frontiere: poi, nell'estate del 1982, lo vidi finire alla Juve. Come sarebbe stata diversa la mia vita, in una fase decisiva per lo sviluppo della personalità, se quel fenomeno fosse arrivato davvero. Immagino le differenze, l'inevitabile iniezione di ottimismo. Sarei una persona più equilibrata, felicemente inserita nella società". Aggiungiamo che Platini non è l'unico campione che sembrava a un passo dall'Inter e finì altrove. Accadde anche a Bettega e Tardelli, che il presidente Fraizzoli scartò perché "mingherlino". E a Gigi Riva, su cui miracolosamente la Juve non riuscì a mettere le mani, altrimenti la mia adolescenza, già calcisticamente difficile, sarebbe stata drammatica.

Il resto, è storia recente. Albert Camus ha scritto: "Il meglio che ho imparato sulla morale e i doveri degli uomini, lo devo al calcio". Non sono sicuro di essere d'accordo. Sarebbe stato morale (per gli interisti) e doveroso (per la società neroazzurra) vincere almeno uno scudetto, nel corso degli anni Novanta (l'ultimo risale al 1989, con Trapattoni). Magari quello del 1998, quando Ronaldo venne abbattuto in area a Torino, con un fallo così evidente che mi aspettavo intervenisse la Corte Internazionale di Giustizia che, nonostante il nome, non sta dalla nostra parte.

Non vorrei, scrivendo questo, sembrare uno di quelli che recriminano. Io amo l'Inter e apprezzo la Juve, a modo mio. Credo che "le due squadre siano necessarie alla reciproca fama", come ha scritto Gianni Riotta (interista). Per questo non ho mai tifato contro i bianconeri. Io voglio che la Juve esista, e continui a sorprendermi. Mi piace vedere come ogni stagione riesca a pasticciare una maglia che non è mai stata entusiasmante. Adoro scoprire i modi diversi e geniali con cui Del Piero sbaglia gol fatti (ora capisco perché lo chiamano "il fantasista"). Partite come Celta Vigo-Juventus (quattro gol subiti, due espulsioni), invece, mi preoccupano. Che gusto ci sarebbe a rivaleggiare con una squadra così?

Sono stato boy-scout, insomma, e credo che le Vecchie Signore vadano rispettate. Le vorrei serene e soddisfatte; contente della pensione e del servizio sanitario. So che non verrò accontentato. La Juventus, solida e rassicurante come un labrador, certamente vincerà ancora. L'Inter, matta come una gatta, vincerà ancora – probabilmente. La differenza è negli avverbi. Come dire: la Juve è un investimento, l'Inter una forma di gioco d'azzardo – l'unica che pratico, da trentasette anni. Ho perduto molto, è vero. Ma mi sono divertito.

Non dicono così, i giocatori, guardando l'alba dalla finestra del casinò?

(Settembre 2000)

Inter-Milan

Siate sobri, vegliate.
Il diavolo, vostro avversario,
si aggira come leone ruggente,
in cerca di chi divorare.

PRIMA LETTERA DI PIETRO

Ma dài! E quello
sarebbe il diavolo?!?

TOPOLINO A PIPPO

Sono un interista incuriosito dalla Juventus. Ma che dico incuriosito: sono ipnotizzato, irretito, occasionalmente irritato dalla Juventus. Ho scritto – l'avete letto – che il mondo si divide tra quelli che amano i gatti, Londra e l'Inter; e quelli cui piacciono i cani, Parigi e la Juventus. "L'Inter – ho spiegato – è infatti fascinosa e imprevedibile (come i gatti e Londra). La Juve è solida e rassicurante (come i cani e Parigi)." Poi mi è arrivata una cagnolina dalmata, e le mie teorie sono andate a farsi benedire.

Questi discorsi sono piaciuti agli interisti e hanno divertito gli juventini, i quali hanno capito che la mia teatrale ostilità nasconde una certa stima. Non sono piaciuti, invece, ai milanisti.

Non ci crederete, ma sono dappertutto. Sbucano negli uffici, con le loro faccine stupefatte (sembrano Inzaghi che ha appena inghiottito un'albicocca). Li trovo in metropolitana, per strada, nei negozi, al bar (dopo un derby che vorrei dimenticare, ho dovuto bere il cappuccino sotto uno stendardo rossonero). Ho sentito dire che ce ne sono al "Corriere" e alla "Gazzetta", e ho il sospetto che alcuni siano annidati dentro "Sportweek". Nella gloriosa sede milanese del Touring Club Italiano non t'aspetti di trovare tifosi di Gattuso: invece stanno pure lì. Uno mi ha chiesto, risentito: "Perché te la prendi solo con la Juve? Perché non parli male del Milan?".

A costui – chiamiamolo Marco come Van Basten, così è contento – vorrei dire: come faccio? Come potrei parlar male del Milan? Innanzitutto, lo fa già l'avvocato Prisco; e io, a quei livelli, non sono in grado di competere. E poi il Milan mi è simpatico: lo trovo un interessante fenomeno naturale. È una squadra di Milano, per cominciare, ed è piena di tifosi gioviali. Vince gli scudetti senza accorgersene, ma ogni tanto gioca bene (è una classe preterintenzionale, ma esiste). Vedo nei rossoneri un'ansia di piacere che li rende simpatici. Quando li vedo scendere in campo, vorrei fargli una carezza.

Se il Milan non ci fosse, bisognerebbe inventarlo. Con i presidenti che ha avuto, ci si potrebbe fare un documentario. Ha dirigenti rassicuranti: uno li guarda e li vede a tavola che raccontano barzellette. Schiera giocatori bravi e intelligenti: Shevchenko, per esempio, ha capito che bisogna innamorarsi di Milano, per giocare a Milano. E poi c'è Albertini. Durante un'intervista televisiva in cui mi ostinavo a calciare in porta, Demetrio mi incoraggiava. Non so se saprei fare lo stesso, qualora lui provasse a scrivere una storia dell'Inter nel XX secolo. All'amico Marco del Touring Club, e a tutti i milanisti che mi guardano con gli occhioni interrogativi, dico: come può essere antipatica, una squadra così? A me è dispiaciuto che sia andata in B, anni fa. Sapevo infatti che lì avrebbe vinto il campionato, e infatti è successo.

Ripeto: ai rossoneri non si può riservare il sarcasmo destinato ad altri avversari (anche se Tommaso Pellizzari, autore di *No Milan*, c'è riuscito). Il Milan è un buon Diavolo, in fondo. Per parlarne molto male bisogna, innanzitutto, parlarne molto. E questo non è facile. Se il calcio è epico – talvolta, devo dire, mi sembra soprattutto comico – è difficile trovare un ruolo ai rossoneri. Se l'Inter è Ettore (bello, valoroso e masochista), e la Juve è Achille (forte, permaloso e furbetto) il Milan può essere, al massimo, Patroclo. Bravo ragazzo, ma perfino Omero dopo qualche verso l'ha mollato.

Detto questo, spero che gli amici milanisti non la prendano male. Perché io, a loro, voglio bene. Prometto che, se dovessero vincere di nuovo lo scudetto, li avviso. Così festeggiano.

* * *

Come fanno a non essermi simpatici, i milanisti? Del calcio hanno una visione epico-umoristica che entusiasma. Voi direte: per forza, coi presidenti che hanno avuto. Ma non si tratta di questo. Il milanista è geneticamente predisposto alla discussione da bar, una forma di dibattito per cui ho il massimo rispetto: i partecipanti (nei bar vicino alla Bocconi li chiamano "panelists") gridano, esclamano, evocano, ricordano, auspicano, puntano il ditone, citano la rosea, picchiano il pugno sul frigo dei gelati. Ma, sostanzialmente, si divertono. Hanno capito che il tifo calcistico va vissuto così. È una metafora bellica (come dicono nei bar intorno alla Statale), un modo inoffensivo di scontrarsi e di sfogarsi.

I milanisti, ripeto, sono bravi in questo. È vero, sono stati aiutati dalla sorte. Aver schierato centravanti come Squalo Jordan e Egidio Calloni aiuta ad avere una visione ironica delle cose; aver avuto un giocatore come l'impagabile Albertino Bigon, che ha segnato con tutte le parti del corpo (anche il piede, pare), aiuta a sorridere della vita; aver mancato il Gol più Facile della Storia (Pierino Prati, una spanna dalla linea: sopra la traversa) insegna a non dare nulla per scontato.

La prova di questo stile milanista (e milanese, suvvia) l'ho avuta dopo l'ultimo articolo, in cui prendevo delicatamente in giro i cugini. Mi è arrivata, infatti, questa lettera: *"Caro Beppe, ti ricordi di me? Carlo Canzano: ero il vice di Gigi Garanzini a 'la Voce', ora sono a 'Sportweek' e posso confermare i tuoi sospetti: ebbene sì, ci sono milanisti persino qui. Per la precisione, i magnifici 18 del nostro settimanale si schierano con la seguente formazione: sei interisti; sette milanisti; uno juventino; un fondamentalista napoletano; un torinista-palermitano (in omaggio, forse, agli accordi di Teano); una simpatizzante del Torino; un imperscrutabile agnostico. Ne approfitto per correggere la tua opinione sul ruolo rossonero in un calcio epico. Il Milan non è Patroclo, come hai scritto. Il Milan è Ulisse. Non bello come Ettore-interista, non implacabile come Achille-juventino: ma certo interessante, macho, opportunista e dispersivo (quanto ha impiegato a tornare a casa?). Un tipo un po' egoista, invischiato in storie di porci e Proci, avventuriero e avventuroso. Insomma: un affascinante, e tutto sommato onesto, figlio di buona donna".*

Vedete? Come si può tifare contro una squadra che ha tifosi così? Non vincerà lo scudetto (questo è chiaro), ma nel calcio italiano occorrono queste presenze. Occorre gente che sappia ribattere a Omero con Omero; e capisca che viaggiare è importante quanto arrivare. Gente che sappia perdere in Turchia e non si accorga di vincere in Italia. Se non ci fossero, gli allenatori del Milan bisognerebbe inventarli (solo l'Inter è riuscita a schierare una compagnia altrettanto variopinta): il Cerebrale (Sacchi) e il Realista (Zaccheroni), il Malinconico (Maldini) e il Gutturale (Terim). A proposito di Terim. Sono contento, come interista, di aver trovato Cuperman, l'allenatore-psicoanalista di cui avevamo bisogno. Ma invidio ai rossoneri questo Rocco anatolico, questo omaccione che, se è abile quanto credo, non imparerà mai a parlare italiano, ma continuerà a esprimersi in quella bellissima neolingua mediterranea, che Ulisse avrebbe capito, sbarcando in un'isola del Dodecanneso. Avrei voluto vederla, la partitella tra i compagni greci di Odisseo e gli antenati turchi di Fatih, con Polifemo come arbitro, le pecore in fuga e il mare che si rompe sugli scogli sottostanti. Chissà che botte, che spettacolo, che divertimento. Io tifo Inter. But I love Milan, dopo tutto.

(Ottobre 2001)

Veglie e vigilie

Agli dèi è piaciuto far sì
che il dolore fosse compagno
del piacere.

PLAUTO, *Anfitrione*

I discorsi da bar sono quelli che si fanno (soprattutto fuori dai bar) per prendersi una vacanza dalla logica. Un discorso da bar riguarda la sfortuna dell'Inter. Kanu, Ronaldo, Vieri, ancora Ronaldo: l'attacco neroazzurro, negli ultimi tempi, ha fatto più vittime di una trincea del Carso. Ecco allora amici e avversari parlare di macumba, maledizione e quant'altro. Noi interisti capiamo le buone intenzioni – parlare di sfortuna significa concederci un'attenuante – ma diciamo: no grazie. Le squadre (le aziende, le famiglie, le nazioni) cominciano a prendersela con la malasorte, e finiscono per piangersi addosso. Noi non vogliamo farvi pena, cari avversari. Vogliamo battervi.

Qualcuno dice che il futuro è più nero che azzurro? Sbagliato. Tutto andrà per il meglio. Abbiamo un buon presidente, per cominciare. Non ho ancora capito perché ha lasciato andare Simoni e Simeone (forse quel suono non gli piace), ma è una persona come si deve; se avete dubbi, guardate alcuni dei suoi colleghi. Abbiamo un allenatore che non si tinge i capelli, e tifosi che non ululano come coyote ubriachi alla vista di una pelle scura (non fatelo mai, vi prego). Abbiamo colori sociali eleganti: possiamo indossarli senza dare nell'occhio, mimetizzati in una cravatta o in un vestito (provateci, voi milanisti e romanisti: non vi faranno entrare nei ristoranti).

Sappiamo di aver scelto un amore difficile: ma questo è il bello. Abbiamo capito che dovremo soffrire. Ma come abbiamo giocato noi nel '98 ancora non gioca nessuno; abbiamo finalmente una squadra, e non una collezione di figurine; abbiamo avuto Ronaldo, e lo riavremo. Certo: non è un momento facile, ma spesso è dalla disfatta che nascono le vittorie (lo dimostrano Caporetto, Tom & Jerry e tutti i film con Harrison Ford). Quello che affloscia le squadre, e amareggia i tifosi, non è un episodio, un guaio o una batosta: è pareggiare in casa con la Reggina.

Coraggio, dunque. "C'è, nella fortuna peggiore, la possibilità migliore di un cambiamento felice." Lo scrive Euripide, che se ne intende. A proposito, caro Moratti. In Grecia abbiamo preso un terzino sinistro. Perché non un poeta tragico? Ha una certa età, è vero. Ma, di questi tempi, potrebbe venirci buono.

(Aprile 2000)

* * *

C'è una fotografia, pubblicata dal "Corriere", che mi ha colpito. Ci sono Serena, Vampeta, Seedorf, Zamorano e Cauet in barriera a Parma. Ma non sembrano cinque giocatori in attesa di una punizione. Sembrano cinque disertori in attesa della fucilazione.

Stiano tranquilli, invece. Nessuno li vuole fucilare. Di un paio siamo pronti a incoraggiare la defezione; ma se vogliono restare, va bene comunque. Il tifoso interista è infatti un esteta paziente, e un uomo di gusti particolari. Molti di voi giocatori sono nuovi in città, e devono sapere una cosa. La scritta MM, che vedono qua e là, non indica la metropolitana, come crede qualcuno. Vuol dire Masochisti Milanesi: indica le sedi ufficiose degli Inter Club. ATM sta per Avanti, Torturateci Meglio. AMSA significa Adoriamo Molto Soffrire Atleticamente.

Ora avete capito dove siete finiti. Il tifo neroazzurro è una forma di autoflagellazione. Ai tempi di Jacopone da Todi (che non era un massaggiatore venuto dalla C, ma un autore del XIII secolo), la gente si fustigava da sola. Negli ultimi giorni del XX secolo, noi lasciamo l'incarico a voi, giocatori dell'Inter. Vi chiediamo solo di non esagerare. Se andate avanti così, infatti, ci tramortite. Poi non vi divertite più.

Scrivo questo alla vigilia della partita con la Juventus,* chiedendovi una cosa semplice: vincetela. Punite loro, per una volta; non noi. Non voglio darvi consigli tecnici (che so: passate la palla a Del Piero, tirate da centrocampo mentre San Siro canta nenie olandesi a Van Der Saar). Vi posso suggerire, al massimo, qualche trucco psicologico. Pensate d'essere pagati a cottimo: l'ingaggio, da oggi, è proporzionale ai punti (ehi, presidente, è un'idea). Siate degni di Bobo Boninsegna, l'uomo che scambiammo con Anastasi (eppure ci ama ancora). Ascoltate Zanetti, che ha capito tutto. Ricordate che avete di fronte l'exsquadra di Marco Tardelli. Se vi piace l'allenatore, vincete per lui. Se non vi piace, vincete contro di lui. Ma vincete, perbacco.

Si può, infatti, perdere contro la Juventus: ma non si deve. Perdete, se proprio volete,

* Inter-Juventus, disputata il 3.12.2000. Risultato finale 2-2 (6' Trezeguet, 10' Zidane, 12' Blanc, 65' Di Biagio).

contro il Milan: quelli non si accorgono di vincere gli scudetti, figuriamoci le partite. Alla Juventus si accorgono benissimo. Me la vedo, la Vecchia Signora, mentre afferra i tre punti contro l'Inter e li chiude in bagno dentro un armadietto bianconero, guardandosi intorno sospettosa.

Detto questo, coraggio. Siamo con voi, ragazzi, comunque vada. Ora che abbiamo imparato i vostri nomi – col Grande Fratello è stato più facile: erano meno, e diminuiscono – vogliamo andare fino in fondo insieme a voi. Per quelli che non sanno ancora bene l'italiano: ho scritto "in fondo", non "a fondo". Lì ci siamo già.

(Dicembre 2000)

* * *

I milanisti si rassegnino: gli abbiamo rubato la scena. Questo, infatti, non è tanto il trionfo del Milan, quanto la tregenda dell'Inter.* Perché noi non anneghiamo: naufraghiamo. Noi non scivoliamo: stramazziamo al suolo. Noi non cadiamo: crolliamo come le mura di Gerico (che non è un

* Inter-Milan, disputata il 11.5.2001. Risultato finale 0-6 (2' Comandini, 19' Comandini, 53' Giunti, 66' Shevchenko, 77' Shevchenko, 81' Serginho).

altro terzino slovacco: presidente Moratti, per carità, non lo compri).

Solo le grandi squadre perdono in maniera grandiosa. Chi era a San Siro venerdì ha visto qualcosa di irripetibile (speriamo). Ci voleva del genio per trasformare Comandini in Crujff; solo una squadra decisa a farsi male non vedeva che Serginho andava dove voleva, quando voleva. Ci fosse la Masochistic Champions League, la vinceremmo noi.

Omero e Seneca, Goethe e Schiller: solo gli stoici e i poeti saprebbero descrivere quello che sappiamo combinare. Siamo lo Sturm und Drang del calcio, e nessuno provi a ignorarci. C'è una sorta di gloria perversa a perdere come perdiamo noi, e soprattutto *quando* perdiamo noi. Prima ci illudiamo (domenica scorsa, con l'Atalanta); poi ci umiliamo, in modo da soffrire meglio e stupire di più.

Un tifoso, a San Siro, proponeva di sostituire la scritta sulla maglia: non più PIRELLI, ma PSYCHO. Non sembra una cattiva idea, e siamo certi che Marco Tronchetti Provera è pronto a fare un passo indietro. Dopo Helsingborg, Parma e Alaves pensavamo di aver pagato pegno alla saggezza popolare, secondo cui "Non c'è due senza tre". Ma noi siamo più forti anche dei proverbi: d'ora in poi, "Non c'è tre senza derby". I cugini, poveretti, hanno fatto il loro dovere. Non è colpa dell'Associazione Calcio Milan se aveva di fronte un'eroina tragica come l'Internazionale Football Club. Del resto, era inevitabile. Quando Cleopatra scelse di uccidersi, si parlò di lei, non del serpentello di turno.

Ripetiamolo. Venerdì sera lo spettacolo è stato memorabile (e chi lo dimentica più?). Alla vigilia, il "Corriere" titolava: "Inter-Milan, la sfida da non pareggiare": e, in effetti, non ci siamo nemmeno andati vicini. Prima della partita, parlando in televisione, avevo pronosticato un 4 a 2: ho imbroccato il numero dei gol, ma non immaginavo li avremmo presi tutti noi. È vero, c'erano un paio di rigori per l'Inter; d'altro canto, Simic andava espulso per aver steso Comandini da dietro, ed era l'ultimo uomo. Ma questi sono dettagli. Gli storici non li ricorderanno, né rileveranno come negli oratori della Lombardia ci siano curati che crossano meglio di Gresko. Ricorderanno solo un gotico, monumentale zero (0) a sei (6). Perché eravamo pure in casa, non dimentichiamolo.

Non capisco, devo dire, il silenzio e gli scantonamenti dei dirigenti dopo la partita. Lele Oriali, suvvia: come diceva il saggio, "quando il gioco si fa duro, i duri cominciano a giocare"; e lei era un duro, no? Davanti alle telecamere è andato soltanto il solito Javier Zanetti. Ma si sa: gli argentini sanno perdere. La sconfitta, diceva non so più quale loro personaggio, è "il blasone dell'animo ben nato".

Ricordiamocelo, in queste ore. A Milano, ieri, era una mattina di sole e di primavera: niente tensione, né rabbia, solo milanisti e interisti che si prendevano in giro (anzi: loro prendevano in giro noi, e basta). Certo, non era facile ordinare il cappuccino al bar sotto una bandiera rossonera, tra sorrisi e dolorose parole di incoraggiamento (angolo via Foppa e via California, per chi volesse controllare). Ma quale bellissima occasione, per una grande città, di mostrare stile e buon senso. Molti romani intelligenti si vergognano, in queste ore, per i pestaggi e le violenze tra laziali e romanisti, in seguito alla vicenda di Zago. A Milano possiamo mostrare di saper sorridere, tutti. Nel calcio, si perde e si vince.

A proposito, presidente Moratti: quando tocca a noi? Sono stufo di scrivere queste cose.

(Maggio 2001)

* * *

Peppino Prisco l'ho incontrato una volta sola. Quando siamo stati presentati, a San Siro, mi ha chiesto, con quello splendido sorriso sbieco da commissario di polizia, se fosse vero che, in un articolo, l'avevo definito "imparziale". Ho risposto: "Avvocato, me ne guarderei bene. Lei è la persona più parziale che io conosca". Si è rilassato. "Ottimo", ha detto, prima di scomparire dentro l'ombra monumentale di Facchetti.

Mi piaceva, l'avvocato Prisco. Mi piaceva, prima di tutto, perché era interista (questa è un'affermazione gratuita, e politicamente scorretta: l'avrebbe approvata). Mi piaceva poi perché era milanese, e come tutti i milanesi veri – quelli adottati, quelli con la grinta e il cognome da importazione – era un po' spaccone e decisamente buono; e la prima caratteristica confluiva nella seconda, come gli avversari di Milano non capiranno mai.

Mi piaceva, Peppino Prisco, perché in un calcio nevrotico era rimasto uno che scherzava, imprecava e festeggiava. Il pallone, per lui, non è mai stato una forma di guerra. Era la versione lombarda del palio di Siena, e lui era un contradaiolo metropolitano. Invece di piazza del Campo, il campo di San Siro. Invece di un cavallo che gira in tondo, dieci ragazzi che corrono avanti indietro, e uno che li guarda dal fondo. A guidarli, invece del fantino Aceto, il balsamico Cuper. Per il resto tutto uguale: voglia di vincere, e una faziosità che mozza il fiato, scaldando il cuore.

Mi piaceva, Peppino Prisco, perché era competitivo. Questo vuol dire che adorava vincere, ma sapeva perdere. Diffidate dei decoubertiniani che popolano gli stadi, piccole jene in loden che dicono di amare gli avversari e li vorrebbero morti. Credo che Peppino Prisco non si sia mai augurato l'infortunio di un giocatore dell'altra squadra. Gli bastava scivolasse al momento opportuno, e noi potessimo far gol in contropiede.

Sì, non ho dubbi. Per l'avvocato Prisco l'importante non era partecipare. Era vincere, preferibilmente contro il Milan, con un gol di stinco al novantaduesimo. Se poi, nella realtà, il Milan ci ha rifilato dieci gol nelle ultime due partite – senza rubare, accidenti – che importa? Noi abbiamo l'ironia, una bella squadra, magnifici colori e un presidente che sorride come un poeta simbolista francese. E siamo primi in classifica.

A proposito. Volevo evitare di scrivere che Peppino Prisco sembra aver scritto la sceneggiatura della sua uscita di scena: neoottantenne festeggiato, l'Inter davanti, Ronaldo e Vieri che tornano a giocare e segnare insieme, Milan e Juve in chiara difficoltà. Ma come non farlo? Se ci sono lutti sereni, questo è uno. Non poteva che regalarcelo, salutandoci, un tipo così. Uno che non ha mai fatto il personaggio, perché era un personaggio. Uno che aveva sostituito la foto dei genitori sulla scrivania con quelle di Meazza e Ronie ("I miei capiranno"). Da oggi, però, orfani neroazzurri siamo noi. Come la mettiamo?

Potremmo vincere tre scudetti di fila, per farlo contento. Oppure chiedergli una mano dal cielo per il prossimo derby. Quello che non fermerà Toldo, lo prenderà lui. E se dovesse accadere che non ci arrivano né Toldo né Prisco, va bene comunque. Noi siamo l'Inter, e ci basta. Vero, avvocato?

(Dicembre 2001)

* * *

Se occorreva una prova che l'Inter è una squadra stramba (interessante, ma stramba), la prova è arrivata ieri.* Intorno alla mezz'ora del secondo tempo – sotto d'un gol in casa col Brescia, stupefatto di sembrare il Real Madrid – un sole improvviso ha bucato le nuvole illuminando il prato di San Siro. Ronaldo, di colpo, è tornato quello che era, come il principe delle favole. Due gol, e

* Inter-Brescia, disputata il 14.4.2002. Risultato finale 2-1 (28' Guardiola, *rigore*, 79' Ronaldo, 82' Ronaldo).

siamo ancora lì. Due punti sulla Roma e tre sulla Juve, a tre giornate dalla fine.

Immobilizzato nel seggiolino di plastica, guardavo quel ragazzo brasiliano che correva sotto la curva in maglietta, tutto contento. Di fianco a me figlio e moglie, per la seconda volta a San Siro (la signora aveva esordito vittoriosamente con la Roma, ed è stata costretta a tornare). La parte ragionevole della famiglia mi ha ricordato come, tre minuti prima, io sostenessi che Ronaldo andava sostituito, perché si faceva sempre anticipare. Non ho potuto negare. Ma ho ricordato che faccio l'interista, non il commentatore sportivo.

I colleghi dello sport (Tosatti e Padovan, Monti e Perrone) seguono certamente quello che succede in campo. Per me le partite sono lunghe apnee. Se c'è di mezzo Ronaldo, poi, l'esperienza assume contorni allucinogeni. Non capisco come faccia a fare le cose che fa; ma devo ammettere che le fa. Non riesco ad apprezzare fino in fondo la sua aritmia sudamericana. A me, lombardo, sembra indolenza. Invece è chiaramente genio, spostato verso la parte bassa del corpo. Il ragazzo ha due piedi che verranno conservati per i posteri. Sono felice che, nel frattempo, li utilizzi per l'Inter.

Guardate che non credo alla leggenda di Ronie buono come il pane e docile come un agnello. Ne abbiamo avuti, di giocatori che nutrivano quei pericolosi sentimenti, e ci hanno fatto perdere scudetti a raffica. Ronaldo, sfortunato e imprevedibile, è invece come Marilyn Monroe: produce capolavori sovrappensiero. Qualcuno si chiede se Massimo Moratti l'abbia capito. Certo che l'ha capito. Perché se Ronaldo è Marilyn, il presidente è Arthur Miller. Con metà cervello l'adora, con l'altra l'amministra (presidente, non fraintenda: è solo una metafora, e il matrimonio andrà senz'altro meglio).

E Ronaldo, se ci pensate, non è l'unico strambo di genio della squadra. A turno, altri si svegliano e si mettono a correre e a inventare, risolvendo situazioni scabrose. Alvaro Recoba ha divelto la Roma. Clarence Seedorf ha inventato un pareggio con la Juve che vale quattro punti (uno per la classifica, tre li valevano le facce degli amici juventini allo stadio). Recoba e Seedorf, per tutti, sono il Chino e la Pantera, e guai a chi ce li tocca. L'Inter è infatti una forza di lotta e di governo: con Ronaldo-Recoba-Seedorf facciamo la rivoluzione, con Toldo-Vieri-Zanetti-Zanetti cerchiamo di non buttarla via.

Penso che raramente, nella storia dell'Inter, si sia verificata un'intesa tanto perfetta tra presidente, tecnico, squadra e tifoseria. Ognuno pensa che gli altri siano un po' strani, e ha ragione. Ma tutti sappiamo una cosa. Quest'anno, comunque vada, ci divertiamo soffrendo – che è l'unico modo in cui noi interisti sappiamo divertirci. La Juventus infatti si diverte solo se domina, la Roma quando esalta e si esalta. L'Inter, no. La domenica noi mangiamo pane e ansia. Nel neroazzurro del nostro cielo ci dev'esser sempre qualche nuvola. Se no, ci annoiamo.

(Aprile 2002)

* * *

A San Siro, nell'intervallo di Inter-Brescia, pensavo: cosa ci faccio qui? La domanda non è nuova. Se la pose Rimbaud (o era Verlaine?) appena sbarcato in Eritrea, e Bruce Chatwin la riprese come titolo d'un libro (*What am I doing here?*). Ma io sono più allegro di Rimbaud, meno poetico di Verlaine e non avventuroso quanto Chatwin. Quindi, cosa ci facevo lì?

Considerate le seguenti circostanze.

1) L'Inter era sotto di un gol (tuffo di Bonera, che spero non sia parente del direttore di "Sportweek". Rigore discutibile, ma gliel'hanno dato).

2) Il Brescia – squadra simpatica, per ca-

rità – sembrava un incrocio tra il Bayern Monaco e il Real Madrid.

3) Il seggiolino di plastica, quando perdi in casa col Brescia che sembra il Real Madrid, diventa scomodissimo.

4) Per andare a San Siro, ogni volta, ci si mette un'ora (quando va bene).

5) Gli ultras del Brescia, entrando, avevano vomitato insulti contro tutto e tutti (donne e bambini compresi). Il mio amico angloveronese Tim Parks (*Questa pazza fede*) li considera forse simpatici mattacchioni. A me fanno pena e rabbia.

Poi Re Ronaldo ha segnato, e molte cose sono cambiate. Il seggiolino di plastica è diventato più comodo, l'ingorgo per allontanarsi da San Siro sopportabile. Perfino gli ultras mi facevano più pena che rabbia. Anche se il combattimento rituale con la polizia continuava a sembrarmi assurdo. C'erano centinaia di agenti, dentro e fuori San Siro. Moltiplicavo per le partite di calcio in giro per l'Italia, e pensavo a quante cose utili avrebbero potuto fare, quegli agenti, invece di star lì a curare quattrocento ragazzotti che giocavano alla guerra.

L'importante, comunque, è non dargliela vinta. Perché gli stadi sono dei papà e dei bambini, anche se certa gente non lo capirà mai.

Gli stadi sono posti dove c'è un prato

verde smeraldo che luccica come un gioiello su un marciapiede. Di qui e di là, due porte bianche. Guardatele, un giorno, quando il pubblico se ne va: sono di una semplicità commovente. Pensate alle passioni e agli sforzi che si concentrano in quei metri quadrati. Il calcio è bello per questo: sembra uno sport semplice, per cui basta poco. In effetti, è uno sport per intenditori. San Siro, come ogni stadio d'Italia, approva e applaude un'apertura di prima perché la capisce. Gli americani, che per amare il calcio pensano di dover contare i gol, non lo capiscono. Per lo stesso motivo per cui voi ed io non comprendiamo l'arte astratta o l'opera cinese. Non abbiamo studiato abbastanza. Il calcio abbiamo cominciato a leggerlo a sei anni. Molti di noi continuano.

Uno stadio è interessante perché offre lo spettacolo di un'umanità verticale: dove altro accade? In parlamento, ma sono più pochi (anche se fanno altrettanto baccano). A teatro: ma non avviene su quattro lati. A bordo di una nave in partenza, ma gli stadi non s'allontanano nel mare. Gli stadi rimangono lì a farsi ammirare, se uno si stanca di guardare la partita. Col Brescia, visto il gioco, poteva succedere. Ma noi interisti siamo poeti: vediamo l'ansia salire dal prato. È la nostra nebbia agli irti colli che piovigginando sale (è vero, mancano i colli. Ma provate a risalire un gol con la Juve, in notturna, aspettando Pantera Seedorf).

Uno stadio italiano è interessante anche dal punto di vista sociale. È un concentrato spettacolare di privilegi, precedenze, ordini e gerarchie. C'è una borghesia da tribuna e un'aristocrazia della curva, che si ritiene superiore alla tribuna. Ogni cancello è un meraviglioso esercizio di discrezionalità. Ogni addetto a un accesso si sente San Pietro. Ci sono sale vip, sale quasi vip e sale per vedere i vip. Ci sono i colori (tribuna rossa, anello verde), le tessere, gli abbonamenti, gli accrediti, i distintivi, i braccialetti lasciapassare, i lasciapassare senza braccialetto, i conoscenti che ti lasciano passare, i matti in piedi su una cassetta fuori dallo stadio che sorvegliano che tutto sia abbastanza pazzesco.

Di solito lo è. Per questo mi piacciono gli stadi.

[illegible]

Provvisto [illegible] [illegible]
la pace [illegible] [illegible] [illegible]
[illegible] [illegible] e [illegible]
[illegible] una [illegible] [illegible]
[illegible] [illegible] [illegible]
[illegible] [illegible] [illegible]
[illegible] [illegible] [illegible]
[illegible] [illegible] [illegible]
ne precedere [illegible]. Chi [illegible] [illegible]
[illegible] [illegible] [illegible]
[illegible] [illegible] [illegible] necessari
[illegible] senza [illegible] [illegible]
si lasciano passare [illegible] [illegible]
[illegible] della [illegible] [illegible]
[illegible]

[illegible]

L'EDUCAZIONE DEL PICCOLO INTERISTA

Lunga è la strada dei precetti,
breve ed efficace
quella degli esempi.

SENECA, *Lettere a Lucilio*

Quanti disturbi psicosomatici per niente. Ansiosi per nove mesi, affranti in un pomeriggio.* L'Inter dovrebbe brevettare questi modi di farsi del male, sempre diversi e fantasiosi. Perché, ad esempio, non mettere in commercio una caffettiera "modello Gresko"? Manico d'acciaio, in modo da ustionarsi ogni mattina.

Massimo Moratti non sia troppo triste. Sappiamo da tempo che tifare Inter è come iscriversi a un corso di malinconia. Amiamo una squadra di sadici interessanti, che possono aiutarci nella formazione del carattere. Non del nostro. Gli adulti sono, in genere, irrecuperabili. Penso al carattere dei nostri figli. Ai quali non possiamo mostrare una disperazione diseducati-

* Lazio-Inter, disputata il 5.5.2002. Risultato finale 4-2 (12' Vieri, 19' Poborski, 24' Di Biagio, 45' Poborski, 55' Simeone, 77' Inzaghi).

va, ma dobbiamo dire una cosa: il tifo calcistico può servire. È la prova generale della vita.

E nella vita bisogna saper perdere, come dicevano Gatto Silvestro e i Rokes. Bisogna saper perdere quando non ce l'aspettiamo, perché un giorno vinceremo quando non ci speriamo più (forse). Occorre ricordare che a un bel primo tempo può seguire un brutto secondo tempo (ieri, agghiacciante). Ma ci sarà comunque un secondo tempo, e poi un'altra partita, e dopo l'ultima partita un nuovo campionato. Non possiamo perderli tutti. Oppure sì, se ci mettiamo d'impegno.

Questo direi ai piccoli interisti con gli occhi lucidi. Evitiamo, invece, i luoghi comuni. Non diciamo che Cuper è "un eterno secondo" (siamo arrivati terzi). Non descriviamo il pomeriggio di ieri come "un'altalena di emozioni" (ribatteranno che da quell'altalena siamo caduti, e abbiamo sbattuto la faccia). Soprattutto, non diciamo "l'importante è partecipare". Noi dell'Inter infatti abbiamo partecipato abbastanza, e non ci dispiacerebbe vincere. Così, tanto per cambiare.

Dite ai piccoli neroazzurri di osservare gli amici juventini: anche trionfare con stile è difficile, e chi sa farlo va apprezzato. Spiegate che, tifando Inter, si sono scelti una professione complicata. L'interista è esigente, disincantato, scettico per vocazione. È un pessimista ironico. È convinto che ogni colpo di fortuna verrà pagato, e per ogni Vieri c'è un Gresko (povero ragazzo: qualcuno si sta occupando di lui e del suo biglietto per la Slovacchia?).

Dite ai giovani interisti che perdere con classe è difficile, ma è meglio che perdere senza classe. Accadrà d'essere sconfitti (meritatamente, immeritatamente) in cose più importanti del calcio. Quindi, tanto vale prepararsi. "La sconfitta è il blasone dell'animo ben nato", sosteneva un poeta argentino (parente di Cuper?). Potremmo rispondere che di blasoni così ne abbiamo una collezione (Lugano, Helsingborg, quel derby col Milan, Alaves). Dell'Olimpico facevamo volentieri a meno.

Anch'io ho detto queste cose al piccolo interista di casa (classe '92), mentre piegavamo la bandiera a scacchi neroazzurri e la riponevamo in una cassapanca, dalla quale verrà estratta solo il giorno dello scudetto. Mia moglie ha chiesto se poteva farci una gonna, ma è stata ignorata. Mio figlio invece ha commentato, al termine della cerimonia: "Devo ricordarmi dove l'abbiamo messa. I miei bambini magari vorranno saperlo". Bravo ragazzo: lo spirito è giusto. In fondo, se avessimo vinto quest'anno, cosa ci restava da sognare l'anno venturo?

L'Inter è un romanzo

Siete giunti proprio
sulla soglia della porta.

AMIPSIA, *frammento*

L'Inter è un romanzo. I personaggi non mancano.

MORATTI L'ho scritto, e lo ripeto: il presidente è un poeta simbolista francese. Fosse per lui, metterebbe Mallarmé in porta, Verlaine e Rimbaud centrali. E non è detto che quest'ultimo non giochi meglio di Sorondo (vedi).

FACCHETTI Da bambino, a Crema, lo consideravo un olmo sulla strada di Treviglio. Non ho cambiato idea: ho solo aggiornato il panorama. L'albero Giacinto è in un bosco tolkeniano. C'è il Signore degli Anelli e c'è il Principe della Palla: l'unico altofusto in grado di staccare di testa.

MAZZOLA Non è più all'Inter. Cosa ci fa nel mio libro?

CUPER Fratello Ettore suscita in me un'impressione monacale: la sobrietà, lo sguardo, il taglio di capelli. Se invece del cappotto indossasse il saio, lo vedrei nel *Nome della rosa* insieme al novizio EMRE, che lo accompagna e ne racconta la straordinaria avventura.

TOLDO Ceccone, contadino grande e buono di una novella del Boccaccio. I cattivi gli tendono trappole, ma la sua onestà avrà la meglio. Alla fine trova sulla sua strada un omone grande e buono come lui. Gli griderà "Buffon!", ma quello non se ne avrà a male. Anzi, i due rivali diventeranno amici.

ZANETTI, J. Saverio, protagonista di un romanzo di Moravia. È appena arrivato a Roma, e molti pensano di approfittare di lui. Si sbagliano: Saverio è solido, onesto, lavoratore. La graziosa Paula lo raggiunge: il giovane è felice. Una domenica di maggio, tuttavia, undici ragazzotti lo imbrogliano. Si rifarà nel prossimo capitolo?

GRESKO Giovane agente della Spectre in un'avventura firmata Ian Fleming. Quando non sa cosa fare, si spara in un piede.

MATERAZZI Don Chisciotte, ovviamente. Generoso, idealista, fantasioso, irruente (anche troppo). Sempre protagonista per i suoi colpi di testa.

SORONDO Quando Don Chisciotte è indisposto, arriva lui (Cervantes non era il massimo, con le controfigure).

CORDOBA Un incrocio tra Sancho Panza e Speedy Gonzales. Grande Ramiro. Uno dei miei personaggi preferiti.

GEORGATOS Agente segreto, amico di Gresko. Lo chiamano "il greco". Tutti pensavano che l'avessero fatto fuori, invece no: rieccolo.

CONCEIÇAO Impiegato di concetto nella Lisbona di Pessoa. Un giorno toglie la giacca e scatta lungo il corridoio, entusiasmando tutti. È l'unico uomo di destra per cui lo scrittore Antonio Tabucchi potrebbe spendere una buona parola.

GULY Killer in un romanzo di James Ellroy (*L.A. Confidential*). L'ultima volta s'è arrestato da solo.

SEEDORF Nel nuovo lavoro di John Updike, Clarence è il giovane professore di botanica in un college del New England (alle ragazze del corso, superato l'esame, permette di toccare il quadricipite). Nel giorno della prova finale, succede il finimondo. Ma lui ha un alibi: non c'era.

DALMAT Stephane, assistente del professor Seedorf. Le ragazze non lo notano, ma lui nota loro. Le spoglia con lo sguardo, e quelle manco se ne accorgono.

ZANETTI, C. Giovane beat amico di Kerouac, da cui ha preso l'amore per la strada: non si ferma mai. È l'unico che riesce a declamare versi correndo. Gli piacciono tutte le poesie: meno il *Cinque maggio*.

DI BIAGIO Maresciallo in un racconto di Camilleri. Ogni tanto è un po' sbrigativo. Ma diciamolo, i cattivi se la sono cercata.

VIERI È l'eroe di una saga degli antipodi (una versione pulp di *Uccelli di rovo*). Nel primo capitolo Christian, giovane robusto sacerdote, è ferito dopo una scazzottatura con un canguro. Nel secondo capitolo, Christian trasporta una piccola chiesa sulle spalle, entusiasmando i parrocchiani (l'Inter, nella mia allegoria). Nell'ultimo capitolo, si accascia al suolo stremato. "Povero Bobo!", gridano i fedeli, in un malinconico finale.

RECOBA Bambino prodigio in un racconto di Vargas Llosa. È talmente mancino che tenta di vendere il piede destro in una pesca di beneficienza.

RONALDO Molti lo considerano un personaggio di Coelho. Sbagliano. Ronie è un fumetto: Willie Coyote. Sembra sempre sul punto di acchiappare Road Runner (Bip Bip), che però gli scappa sempre all'ultimo momento. Come dire: scudetto, dove sei?

Lettere dopo la tempesta

Piangere è una specie di piacere.

OVIDIO, *Tristia*

Il coraggio è una specie di salvezza.

PLATONE, *La Repubblica*

Dopo ogni impresa dell'Inter (disastri compresi) una valanga di lettere scende sul sito "Italians" del "Corriere della Sera" (www.corriere.it/severgnini). A quel punto si interrompe il dibattito sugli affari del mondo, e per un paio di giorni si ragiona in neroazzurro. Questa è una piccola – anzi, piccolissima – selezione di quanto è arrivato subito dopo la conclusione del campionato. Mostra che gli interisti hanno animo sensibile, e qualità letterarie. E gli avversari non sempre sono generosi. Ma qualche volta sì.

* * *

Gentile Severgnini, leggo con partecipazione, e vari spasmi di dolore, il suo intervento di oggi 6 maggio sull'educazione dei piccoli interisti. E la ringrazio per la vaga sensazione di consolazione e fratellanza tra persone che provano a essere per bene anche nel momento della più grande delusione sportiva. Per noi interisti l'ennesima; amarissima. La ringrazio anche per l'invito agli juventini a vincere con stile (mi chiedo da anni infatti questo benedetto "stile Juve" a cosa diamine si riferisce?). Ammesso che vi riescano, neppure questo cambia le cose; però aiuta. Sarà per mancanza di occasioni, ma l'interista di solito non eccede mai nello sberleffo dell'avversario, quando questo è sconfitto. Insomma, abbiamo vinto derby su derby negli ultimi anni eppure il milanista che siede due scrivanie davanti a me in qualsiasi momento e contesto tira fuori "quel derby" e trova modo di vantarsene ancora. Anche nel male c'è forse qualcosa da salvare: del tragicomico pomeriggio di ieri (trascorso al rinfresco dopo una prima comunione, con una micro-radiolina in tasca lontano da una qualsiasi parvenza di televisore) mi resterà una cosa da raccontare, una corsa solitaria sotto la pioggia alla notizia del gol di Vieri, senza dire niente, solo una corsa. In quel momento, come tifoso, sono stato felice. Forse essere interisti è anche questo.

Leonardo Merlini

* * *

Caro Beppe, ho apprezzato il suo articolo di oggi. Soprattutto perché se avessi letto della mia Roma, al posto della sua Inter, avrei detto che quelle parole rispecchiavano in pieno quel che penso del calcio e dello sport. Io ho 17 anni, e da quel campo verde dove i miei beniamini giocano tutte le domeniche ho imparato molto. Moltissimo. Ho imparato che nella vita ci sta la sconfitta. E che bisogna prenderne atto, ricominciare. Perché come dice bene Lei, ci sarà sempre un'altra partita da giocare, un domani. Coraggio, Beppe, vedrà che 'sto scudetto lo vincerete prima o poi. Pensi alla mia attesa l'anno scorso. E si rallegri. Voi ne avete tredici, io solo tre. E ne ho visto vincere solo uno. Non ho nemmeno idea di quante Coppe dei Campioni abbiate vinto. Io sono stato bruciato da un incubo di nome Liverpool, ben due volte. Una, la più grave, ero ancora nel grembo di mia madre. Coraggio, Beppe. E non smetta di far capire al suo pargolo quanto sia importante quel campo verde. Perché importante lo è davvero per chi non si ferma ai risultati. Con il rispetto dovuto solo agli avversari più degni, la saluto.

Luigi Creazzo

* * *

Caro Beppe, volevo ringraziarti per il pezzo su Italians/Corriere (6 maggio). Immagino che non avresti voluto scriverlo e noi interisti non l'avremmo voluto leggere. Ovvio. Però sei riuscito a stemperare un'amarezza infinita. Vedi, ieri ho pianto. Come quando ero ragazzina. Mi sono messa a guidare su e giù per la città, molto lentamente, per rilassarmi, ripetendomi cento volte "ma che te la prendi a fare con tutti i guai del mondo" e senza rendermene conto sono finita in mezzo ai cortei bianconeri. Ho ghignato, magra soddisfazione, quando un macchinone ha forato proprio sul ponte Solferino. Mi è venuto in mente quando mio padre mi portava a quegli stessi cortei – tutta la mia famiglia è juventina – e io mi ostinavo a sventolare con grande rabbia degli altri la mia bandiera neroazzurra, regalo per lo scudetto di Invernizzi. Il tuo articolo aveva lo stesso sapore dell'enorme torta gelato che mi sono meritata, sempre in mezzo ai pianti, dopo la sconfitta in Coppa Campioni contro l'Ajax. La gustai tutta, era piena di panna e cioccolato. E in mezzo a quest'ennesima tristezza, rimane lo stupido (?) orgoglio di essere interisti. Hai ragione, come sappiamo perdere noi non perde nessuno. C'è sempre un pizzico di folle poesia.

Elisabetta Sandri

Bella lettera, Elisabetta. Però in materia di "folle poesia" abbiamo già dato. E se vincessimo, una volta? Non sarebbe una simpatica novità?

* * *

Caro Severgnini, volevo segnalarle la fantastica "Caffettiera per masochisti", uno dei tanti "oggetti introvabili" del Catalogo del geniale Jacques Carelman. Ma lei, da interista come me, lo saprà già. Di umore più nero (purtroppo) che azzurro, la saluto

Manlio Benigni

Sì, la conoscevo. La "caffettiera per masochisti" ha beccuccio e manico (di plastica) dalla stessa parte. La "caffettiera Gresko" ha invece il manico d'acciaio, per ustionarsi ogni mattina. Scusate: ogni partita.

* * *

Formidabile! L'idea della caffettiera Gresko (Corriere, 6 maggio) è riuscita a ridarmi il sorriso, al-

meno per un po'. Rimane il problema della responsabilità verso i propri figli avviati al tifo (o meglio passione) neroazzurra; anche Francesco ha dieci anni e a scuola ha sempre dovuto subire sfottò e umiliazioni.

Ma il dramma è anche per i tifosi più maturi, spinti fino all'irrazionalità. Ieri questo neroazzurro di 48 anni da poco compiuti, al gol della Juve (dopo soli 40 secondi) è sceso in strada per fare un giro dell'isolato scarica-tensione e forse anche propiziatorio. Inconsapevole del vantaggio di Vieri è rientrato in casa poiché stava iniziando a piovere. Dopo pochi secondi dal rientro ha pareggiato la Lazio; a quel punto la moglie Alessandra e i figli Camilla e Francesco l'hanno ributtato in strada con la dotazione di un ombrello. Il poveretto si è quindi cimentato in un patetico circuito dell'isolato. Tutto inutile! Forse il fine ultimo degli interisti è davvero la sofferenza e l'espiazione.

Gianni Cerioli

A proposito di Gresko. Mi dispiace, povero ragazzo. È come il marinaio che dimentica aperto il boccaporto prima dell'immersione del sommergibile. Errore umano, conseguenze catastrofiche. Chi lo imbarca più?

* * *

Caro Severgnini, mi ero ripromesso di non aprire i giornali, ho sofferto troppo ieri, ma poi, come lei sa, noi interisti amiamo farci del male e così ho ceduto. Per fortuna però, tra tante stilettate, ho trovato il suo articolo e quello, sull'inserto milanese, di Roberto Vecchioni. Apparentemente diversi, sostanzialmente coincidenti, i due pezzi mi hanno ridato energia.

Un aspetto mi ha colpito di entrambi, e per quanto la riguarda la cosa è ricorrente negli ultimi tempi. Sto parlando del coinvolgimento dei figli.

Ieri, quando mio figlio, rientrati da casa di amici dove avevamo visto insieme la partita, mi ha guardato cercando conforto e poi mi è scoppiato a piangere in braccio, mi ha messo in crisi.

Volevo consolarlo e riportarlo alla realtà, ma se ero messo peggio di lui come facevo, ho tentato un "non te la prendere, non ne vale la pena" ma con scarsi risultati.

E poi mi sono chiesto: perché a nove anni deve soffrire per l'Inter?

Perché, come dice mia moglie, l'ho "rovinato" coinvolgendolo in questa passione (termine questo quanto mai appropriato) portandolo sempre con me allo stadio, nel dubbio anche a Verona?

Ai tempi di Mantova, i calciofili conoscono il rife-

rimento, avevo la stessa età di mio figlio e mi ricordo tutto: la cucina con la radio, mia nonna, la mia tristezza e mio padre che non rientrava mai per poi fingere un certo distacco. Ora capisco.
Forse sbagliamo tutti, ovvia stiamo parlando di calcio, ma oggi mi sento ancora più interista e ancora più legato a mio figlio, che spero mi perdoni per la "malattia contagiosa" che gli ho trasmesso.
Tornando ai vostri articoli, sono sicuro che quando vinceremo non sarete così sensibili e soprattutto io non le scriverò. Noi interisti sappiamo perdere, siamo abituati a soffrire, ma, ancorché bauscioni, abbiamo il pudore della vittoria.
Ma quel giorno i nostri figli saranno felici e, ne sono certo, anche orgogliosi dei loro papà che "tengono all'Inter" come loro.

Mario Lamperti

* * *

Caro Beppe, solo e depresso, dalla lontana São Paulo – Brasile, ti sto scrivendo per la prima volta. Mi sento un masochista. Assurdo soffrire per un gioco. Ma come tu hai scritto, niente è più irrazionale della passione per la squadra del cuore. Ai fratelli interisti, chiedo messaggi di conforto. Siamo

stati sconfitti nel modo più amaro, ma comunque mi sento sempre fiero di essere interista.
PS: mi permetto di suggerire a Cuper un cartello da mettere negli spogliatoi, come monito per la prossima stagione: "Ricordatevi di Roma, stadio Olimpico 5 maggio 2002". Spero funzioni.

Sergio Noseda

Ne propongo un altro: "Poborski non era Zico".

* * *

Caro Beppe, scusa se ti do del tu, ma da tifoso interista non posso che sentirmi vicino a te, se non altro per i tuoi articoli sulla beneamata. Non ci volevo credere fino al gol del 2-4, forse ancora non ci credo, forse è un incubo. Ho deciso di non guardare nessuna trasmissione sportiva né telegiornali (perché ne parleranno anche loro) per qualche giorno, forse per convincermi che non è mai successo... Già, ma che ci è successo??? A questo punto io mi chiedo, ma vinceremo mai? O noi interisti siamo destinati alla sofferenza continua (con sconfitta finale incorporata)? Tu che sei più vicino di me a Milano (sono umbro) che cosa ne pensi? Che cosa

senti? È un disegno divino per renderci più felici quando finalmente lo vinceremo questo benedetto scudetto... tra altri tredici anni? 13+13 fanno ventisei... 1989+26 fa l'anno 2015...
Il bello, o il brutto, è che già adesso, a poche ore dall'incubo, la mia passione per i neroazzurri è più forte di prima... Forse sono un po' masochista. È questo il nostro destino di tifosi neroazzurri? Soffrire, soffrire, ancora soffrire e poi perdere e ricominciare a soffrire... ma con passione immutata...
Poi, far vincere proprio la Juve è il max del masochismo... incredibile.
Comunque mai vista una partita "vera" come quella con la Lazio (Udinese-Juve era vera?); forse un posto in Uefa dà più motivazioni di uno scudetto, o forse tutto fa parte del disegno di cui sopra... 13 anni di attesa: troppo pochi, aspettare ancora, il tifoso neroazzurro è paziente!!! E vabbè, che altro dire? Vorrei solo leggere un tuo articolo domani (strappo alla regola del black-out) che mi consoli un po' e mi spieghi razionalmente perché siamo così....

Marco Carlini

"Razionalmente"? Sono interista. È un avverbio che non conosco.

* * *

OK, Beppe, sono le otto di sera di domenica, e immagino che il tuo umore sia come il mio: nerissimo. Potrei persino dire che ci sono abituato: pensa che il primo campionato che ho seguito nella mia vita è stato quello del '67 (scudetto perso a Mantova all'ultima giornata, per tacere della finale di Coppa dei Campioni dello stesso anno persa a Lisbona col Celtic). Ma da come mi sento stasera direi che a certe cose non ci si abitua. Ciò nonostante, vorrei ringraziare i "ragazzi" per le emozioni che ci hanno regalato in questa incredibile stagione: grazie a Toldo, a Cordoba, a Materazzi, ai due Zanetti, a Di Biagio, a Seedorf, a Recoba, a Ronaldo, a Vieri (anzi, come direbbe quel pazzo scatenato che fa le telecronache su Inter Channel, grazie a Toldone, a Caffè Colombia, a Matrix, al Tractor e al Martello, al Gladiatore, alla Pantera, al Chinito, al Fenomeno e a Totò Tritolo). Grazie a tutti gli altri. Grazie al grande Hector Cuper e al presidente Moratti. E grazie anche a Gresko, povero figlio, che stasera si sentirà peggio di tutti noi, anche se in questo momento vorrei che, l'anno venturo, andasse a fare danni da un'altra parte.
A te vorrei solo inoltrare una supplica: vabbè che sei un signore, uno sportivo e una brava persona, ma stavolta, e per un po', ti prego, evita di pubblicare le mail di juventini e milanisti irridenti e sfottenti.

Fallo per i nostri poveri cuoricini neroazzurri infranti. (E poi, già ci penseranno, da domani, colleghi, amici e altra varia umanità poco misericordiosa). Da parte nostra potremo sempre promettere che quando, ovviamente l'anno prossimo (o quello dopo ancora), vinceremo lo scudetto saremo magnanimi. Un abbraccio a tutti quelli, e so che sono tanti, che stasera si sentono come noi.

Mauro Caucchiolo

* * *

Buongiorno signor Severgnini, come sta? Io benissimo ed oggi posso dirle finalmente quello che penso di lei, dopo la sua intervista rilasciata a "Sportivamente" (RaiTre) prima di Inter-Roma. Quanto vivete male voi interisti!!! Cresciuti con l'odio e l'invidia verso la Juve venite traditi proprio da questi stessi sentimenti! Lei disse che aspetta con ansia il momento di vedere la Juve sotto l'Inter, ma quando??? Non avete neanche la soddisfazione di essere arrivati secondi e dire: "bè siamo stati bravi" perché non è così. Dica al suo presidente che la piangeria e le lamentele non lo hanno premiato e che personalmente questo è lo scudetto più bello!!! Dica anche a Vieri che all'inizio del campionato

non doveva fare troppo lo spiritoso con i cori contro la Juve... ma tanto noi abbiamo Trezeguet e Del Piero e siamo tanto felici!!!!!!!!!!!!!
P.S. UN CONSIGLIO: NON FACCIA CRESCERE SUO FIGLIO CON L'ODIO E CON L'INVIDIA VERSO LA JUVE: VIVRÀ INFELICE E CON IL MAL DI STOMACO PER TUTTA LA VITA!!!

Ginevra

Cara Ginevra, la Juventus non la odio. Come potrei? La Juve ci vuole: è la montagna che incombe sul lago, per cui il lago è più bello. È il riassunto della condizione umana, un continuo invito alla tolleranza (bisogna sopportarla). Possiede indiscutibilmente una forma di fascino governativo, come certe morbide dittature sudamericane nel giorno della parata. Vede? La mia è un'antipatia letteraria: sono pieno di amici juventini (siete inevitabili: state dappertutto). Per questo il campionato appena concluso è stato memorabile (e chi se lo dimentica più?). Per quanto riguarda Severgnini Jr., è inoculato: l'unica presenza bianconera in casa Severgnini è Luna, la cagnolina dalmata. Quando vuole il biscotto – giuro! – ha la faccia di Del Piero durante le interviste.

Le interviste impossibili

Così si va alle stelle.

VIRGILIO, *Eneide*

PRIMA DI INTER-PIACENZA*

Avvocato Prisco, pronostici da lassù?
Non ci penso nemmeno.

Ma come? Tra interisti dobbiamo aiutarci. Guardi che qui siamo tutti nervosi.
A chi lo dice. Pensi che guardo le nuvole e vedo il profilo di Moratti. Poi mi accorgo che non portano gli occhiali, e mi rilasso.

Nessuna dritta sul finale di campionato, quindi?
Guardi, nemmeno se volessi. Certo, quassù tutti sanno come andrà a finire: hanno un fiuto divino, da queste parti. Ma a me nessuno dice niente. Sa una cosa? Sospetto che San Pietro tifi Roma.

* Inter-Piacenza, disputata il 28.4.2002. Risultato finale 3-1 (7' Cordoba, 35' Matuzalem, 70' Recoba, 80' Ronaldo).

Ho dato un'occhiata alla sua biografia, e non sarei stupito.

E juventini? Ce ne sono anche lì? Qui è pieno.
Il Capo, temo. Se lo ricorda, sul libro del catechismo? Ha i capelli argentati come Agnelli. In compenso, non c'è Moggi. Anche se ieri ho visto un tipo che cercava di ingaggiare un santo, e ho pensato potesse essere lui.

Milanisti?
Che diavolo dice? Neanche uno. Tutti giù nel seminterrato.

Avvocato, se non vuol anticipare chi vincerà lo scudetto, ci dica almeno se dobbiamo preoccuparci del Piacenza.
Certo che dobbiamo preoccuparci, santo cielo (ops, mi è scappata). Non l'ha scritto anche lei, dopo la partita col Brescia? "Noi interisti mangiamo pane e ansia." Aggiungo: e non finisce in terra. Guardi me. Guardi come sono conciato.

Com'è conciato, avvocato Prisco? A me sembra in gran forma.
Sono agitato, ecco cosa sono. Mi aggiro tra le nuvole e scambio gli arcangeli per guardalinee. Pazzesco. Non sono neppure vestiti allo stesso modo.

Ha seguito Chievo-Inter?
Vede che provoca? Certo che l'ho seguita quella partita. Lo stadio si chiamava Bentegodi, ma io non ho goduto p-e-r-n-i-e-n-t-e. Dico, ma l'avete visto il fallo su Ronaldo? Anche da quassù si capiva che era rigore. E l'arbitro De Santis stava lì a un metro. Non ho potuto nemmeno tirargli un accidenti perché, con quel nome, da queste parti è raccomandatissimo.

C'è chi dice che il pareggio fosse giusto.
Ma che giusto e giusto. È il solito masochismo neroazzurro. Quando c'ero io compravano Pacheco. Adesso mettono Gresko a saltare su Corradi.

Vedo che segue il campionato con attenzione. Forza, avvocato: un piccolo pronostico. Se lei dice che ce la facciamo, noi interisti siamo tutti in paradiso.
Per carità, restate lì dove siete! Occorre il tutto esaurito, sia a San Siro col Piacenza che a Roma con la Lazio. Perché quei benedetti ragazzi sono bravi, ma psicolabili. Non giocherebbero nell'Inter, altrimenti. Fanno cose favolose, e beccano gol da bamba. Di solito è un cross da sinistra: e io lo vedo, l'Eriberto di turno, che viene giù da quella parte. Vorrei entrare in tackle scivolato. Ma come faccio? Se mi espellono, non mi fanno risalire e finisco in un girone di milanisti. Non sia mai.

A proposito: cosa dice dei rossoneri, quest'anno? Poveretti, non sono stati fortunati.
Sono rimasti in A, di cosa si lamentano? Ma non potranno restarci per l'eternità. E io non ho fretta: sono qui ad aspettare.

Lei mi sorprende, Avvocato. Credevo che le frequentazioni celesti l'avessero rabbonita.
Dal lunedì al sabato, effettivamente, non sono più quello d'una volta. Pensi che mi sono trovato a pensare che Ancelotti, in fondo, ha una bella faccia da cherubino: sembra dipinto da Melozzo da Forlì. Ma la domenica, guai a chi mi disturba. Mi piazzo sulla mia nuvola numerata, e guardo giù. È uno spettacolo magnifico. Sono sulla verticale di Cuper, e seguo il gioco perfettamente. Vai Zanetti, non mollare adesso! Forza Ronie, taglia dentro! Sei divino! Le prime volte, il Capo mandava un angelo a dirmi di non esagerare. Ora non lo fa più.

E perché?
Perché li ho reclutati tutti. Cherubini, serafini, arcangeli, troni e dominazioni: tutti Boys, adesso. Vedesse come sono carini, con la sciarpa neroazzurra. E come sono educati. Prima d'insultare l'arbitro, si tolgono l'aureola. Ma perché perda-

no la pazienza devono accadere cose davvero odiose. E non accadranno. Vero, Borriello?

PRIMA DI LAZIO-INTER*

Avvocato Prisco, posso disturbarla?
Ancora lei?! Non vede che sono impegnato?

Vedo che sta trafficando con due nuvole.
Appunto. Due nuvole. Una nera e una azzurra.

E cosa ci fa con due nuvole neroazzurre la vigilia di Lazio-Inter?
Bagno il prato dell'Olimpico. Non so bene a cosa serva, ma l'ho visto farc al Real prima di giocare col Barcellona, e ha passato il turno. Sa com'è: aiutati che il ciel t'aiuta. Riferitelo a Cuper.

Preoccupato?
Preoccupato no. Concentrato. E impaziente, lo ammetto. Pensi che dopo la punizione col Piacenza ho chiesto l'assunzione in cielo di Recoba (negata). Ieri, poi, ho visto tre tipi sospetti che confabulavano su un cirro. Ho pensato: e se fosse un complotto contro l'Inter? Invece no. Erano là per la pubblicità della Lavazza.

* Vedi nota a p. 63.

Come trascorre questa vigilia?
Cosa vuole che faccia? Sorveglio, spero, sospiro. Stamattina ho sospirato così forte che al meteo hanno parlato di nuova perturbazione da nord-ovest. Be', ero io.

E poi?
Ascolto le dichiarazioni di Sensi, e penso a tutto il purgatorio che si dovrà fare. Però mi è simpatico, devo dire. È fazioso quasi quanto me.

Nient'altro?
Organizzo partitelle: Milano contro Roma. Io alleno i milanesi, naturalmente. Ho in squadra sant'Ambrogio, sant'Agostino e san Carlo. Vedesse che aperture. Non ce n'è per nessuno.

Avvocato, lei divaga. Mi dicono che alcuni suoi comportamenti, in attesa della Lazio, non siano degni di un'anima del paradiso.
Ancora quella storia di Eva? D'accordo: ho cercato di convincerla a scender giù con la mela per tentare Zaccheroni. Il Biscione ce lo mettevo io.

Eva è andata?
Sì, ma non c'era più Zaccheroni. Le va male con gli uomini, povera ragazza. Appena si affeziona a qualcuno, lo cacciano.

E quell'altra faccenda?
La storia del giornale? Ho soltanto detto che Osservatore Romano era un buon nome da guardalinee. San Pietro si è seccato.

È vero che ha chiesto la beatificazione in vita di Facchetti?
Ha sopportato per quarant'anni me e l'Inter. Non la merita?

Quali sono i nostri giocatori più amati da quelle parti?
Che domande: Christian e Cristiano. Vieri e Zanetti. C'era invece qualche preoccupazione per Belozoglu. Tranquilli, ho detto. Emre è un hobbit. Non un diavolaccio milanista.

A proposito di nomi. Le piacciono Vratislav, Gonzalo e Buruk (Gresko, Sorondo, Okan)?
Ricorda come si chiamavano le colonne della Grande Inter? Tarcisio, Giacinto e Aristide. Dia retta: i nomi non contano.

E dell'ex-neroazzurro Pirlo che spera in una nostra sconfitta, cosa mi dice?
Come ha detto che si chiama?

Pirlo.
I nomi contano.

Avvocato, manca poco al fischio d'inizio. Perdoni se insisto. Neanche un pronostico, una previsione, una profezia, una mezza premonizione, un minuscolo vaticinio, una piccola chiaroveggenza? Pendiamo dalle sue labbra.
Ma lei è proprio testardo: si vede che fa il giornalista. Gliel'ho già detto domenica scorsa. Qui sanno tutto, ma a me non dicono niente. E se insisto, guai. Pensi che hanno minacciato di mandare Udinese-Juve sul maxi-schermo dell'orizzonte. Non c'è più religione. Ops, mi è scappata.

Lei crede che la Lazio, contro l'Inter, giocherà la partita?
Che domande. Cosa deve fare? Andare al mare? Certo che giocherà la partita, la Lazio. L'importante è che la perda. Sono o non sono bianco-celesti? E allora vadano in bianco, per questa volta, e diano retta al cielo. Cioè a me.

Un suggerimento a Peruzzi?
Quando si trova davanti il magico Ronie, ricordi che oggi è il 5 maggio.

E allora?
"Ei fu. Siccome immobile..." Manzoni. Milanese, ma non milanista.

Caro Prisco, lei è in gran forma. Dica la verità: si sta divertendo.
Ma sì, in fondo. Perché non dovrei? Con tutti i guai che vedo nel mondo, questa è una partita di calcio: e che partita! La mia Inter è arrivata a giocarsela. Forza ragazzi.

Avvocato, non la facevo così saggio.
Neanch'io. Dice che sono rimasto troppo con san Francesco?

DOPO LAZIO-INTER*

Avvocato Prisco?
SAN PIETRO: Non c'è.

Come "non c'è"? Gli ho parlato ieri, prima della partita.
SAN PIETRO: Ventiquattr'ore, da queste parti, sono un'eternità.

Ho capito. Ma dov'è Peppino Prisco?
SAN PIETRO: Espulso. Doppia ammonizione. Cartellino rosso.

* Vedi nota a p. 63.

Motivo?
San Pietro: Doveva sentire cos'è uscito da quella bocca durante Lazio-Inter. Siamo santi, ma certe cose non possiamo tollerarle. Lei capisce, Prisco mi rovina gli angeli. Ce l'aveva coi biancocelesti – che, come può immaginare, con quel nome quassù sono ben visti. Imprecava contro un certo Gresko. Chi è? Un beato slovacco?

È slovacco, ma non è beato.
San Pietro: Comunque, Prisco prima l'abbiamo ammonito. Alla seconda ammonizione, espulso. Se lo cerca, lo trova in purgatorio. Pare abbia fondato un Inter Club pure là. Ogni tanto organizza cene sociali anche al piano di sotto. C'è Satana che è fuori di testa.

Satana?! Ma Prisco odia il diavolo.
San Pietro: Non più. Ora dice che in fondo è simpatico, e somiglia a Galliani.

Suvvia, povero avvocato. Quando potrà tornare sulla sua nuvola neroazzurra?
San Pietro: Quando vuole. Basta che si penta. Ma al momento non sembra averne intenzione. Dice che sta bene dov'è. In paradiso, per qualche tempo, non vuol tornare.

E perché?
SAN PIETRO: Be', il Capo ha vinto, come al solito, ed è sempre più vicino alla terza stella. E noi siamo arrivati secondi: niente preliminari di Champions League.

Scusi, "voi" chi?
SAN PIETRO: Che domanda. San Paolo ed io. Non ha letto le nostre biografie? Vieni qui, Paolino, e grida con me: FORZA MAGICAAA ROMAAAAA!

(Voce dal basso). *Pietro, Paolo! Ma vi rendete conto che vi chiamate come Virdis? Forse per questo di calcio capite poco. Comunque non illudetevi, voi e il Capo. Aspettate solo che compriamo un terzino sinistro...*

NON PROPRIO UNA CONCLUSIONE

L'attesa attenua le passioni mediocri e aumenta le grandi.

Anticipation always lessens common passions and heightens great ones.

La espera atenúa las pasiones mediocres y aumenta las grandes.

A expectativa diminui sempre as paixões comuns e eleva as grandes.

Η αναμονή εξασθενίζει τα μέτρια πάθη και δυναμώνει τα μεγάλα.

Wartcn lässt matte Leidenschften verkümmern und starke wachsen.

BACIO PERUGINA acquistato nel bar dell'Università di Pavia il 7 maggio 2002.

Indice dei nomi

I nomi delle squadre sono in corsivo

INDICE

Finito di stampare
nel mese di ottobre 2002 presso il
Nuovo Istituto Italiano d'Arti Grafiche - Bergamo

Printed in Italy